太行之光

路军锋 著

长江出版传媒 长江文艺出版社

梦想与归宿：一位太行诗人的灵魂之光

——序路军锋《太行之光》

三色堇

　　展读路军锋的诗集《太行之光》，让我想起诗人马启代关于泰山的论述，他说："泰山所给予我的滋养，一如宗教之于圣徒。我知道自己的精神原点就在泰山，因它的厚重而不漂移；我知道泰山给了我定位，使我心游万仞而不偏离坐标。"是的，人是自然之子，仰望天空与俯瞰大地成为人类所有行为的基本特征，而矗立在大地之上的山峦和飘荡在天空的云朵构成遥相呼应的诗意空间。几乎所有的艺术都离不开土地的滋养和星辰的召唤，诗人尤其如此。路军锋与太行山的关系又是一个例证，从日常和细小的客体中找到属于他自己的精神向度，这是令人欣慰的。

　　路军锋的出生地阳城，深处太行山脉的腹部，是一个不大不小的县城，这里的人们质朴，豁达，善良。他生于斯，长于斯，是地地道道太行的子孙。他在后记中说"我是喝着太行山的水长大，把一生交给了太行山脚下的山山水水，交给了叫做诗歌的生死恋人"。可以说，青崖如黛、赤壁若霞的太行之境直接影响了他的审美思维，厚重的人文环境深刻影响了这位 70 后诗人的精神成长。在不多的几次接触中，我深感他的安静，寡言，沉稳，果敢与坚韧 正是太行精神所塑造和养成。他曾经说过，自己身为太行人而自豪。他的这本《太行之光》记录和沉淀着他对人生归宿的思考，浓缩着他的太行之梦，是他赤子情怀的真切祖露。

据此而论，浓郁的地域特色必然成为路军锋诗歌艺术的突出特征。是的，作为诗人、书画家和企业家，路军锋不仅书写了一大批关于太行的诗歌，还用书画之笔绘制着他的太行山脉，用饱满的激情，以及对家乡的挚爱，将诗歌与书画演绎的相得益彰，体现着诗之韵律与画之意境，因此他的文化公司就叫"梦之路"，承载着诗歌、书画的艺术梦想，由此可见他对太行山的挚爱非同一般。是的，他面对大山使生命之思保持了活力，也使诗歌保持了最高的美德与神圣。他的诗歌既有质朴中的真情，也有灵魂的自我拷问和自由抒发生命体验的呈现。"我家住在山的中间 / 比云底一点 / 比沟高许多 / 春天，风撞着山 / 摸一下它的脸 / 它从上到下就开始绿了 / 从山的缝隙里穿过 / 很多记忆开始清醒"——《穿越》。读到这样的句子，让我对生命生出敬畏与怜悯。因此，他坦言："太行山的一切，皆是我生命里掉下的阵痛，四十多年前，我出生在这里，多年以后，我还将在这里永生。用诗歌书写太行乡土，不仅是现在，也将是我一生的写作方向，永不会改变。"人们说，好的作家都有自己写作的"血地",一如马尔克斯的马贡多、莫言的高密东北乡、贾平凹的商州等,可以说,"太行山"如果从客体的自然存在化为精神的对应物,那就是诗人写作的生命策源地。

当然,尽管"好诗一定有本土性",但路军锋的诗歌,除了地域性特征,还有着他自己的辨识度,那就是诗人力图在地域符号之上呈现的某种真实的生活图景和灵魂的真实歌哭。你看,他对太行的那份独特情感,强化了他内在话语魅力的深度,他词语中所隐含的乡野、火种、场景、恋情无不昭示着他内心世界的某种情结,而这一切所构成的"写意太行"是他精神大写意的文字图谱,他的"梦之路的春天"产生在对"泥土是一件珍品"的血脉认同和"云树云天"的高远寄托。不过,我不会因为个别的修辞而忽视了文本的整体构成要素,也不排除在浅吟低唱中对智性的探寻,对生命的体验。"太行山眨着两只眼睛 / 凄凉的目光落在狼毒花的脚下 / 于是,狼毒花有它不一样的感伤 / 她和她的感情在时间的记忆中老去 / 一个在城市的喧哗中成熟 / 一个在狼毒花的地方叹息"(《太行恋情》)。许多时候,我很难从他寡言而内敛的外表感知他丰富的内心世界。他是在用诗歌的方式诠释着他的精神生活。从另一个意义上来说,在当今这个喧嚣的时代,你会被他安静的书写、质朴的情感与真诚的表达所感染。无论尘世纷扰，他都沉浸在自己的修辞、梦想与精神向度里，毫无炫耀，毫无张扬，毫无高蹈之嫌。可以说，他的诗歌是跨越着太行山峰和俗世生存的靓丽飞翔。

阿什伯利说："我为自己而写作，但不是用自我陶醉的方式"。路军锋对文字的热爱无疑会使一个写作者体验到生活和生命一种不同寻常的意义。他说："一首好诗，是亲自感悟出来的，不是生硬做出来的；一首好诗，读了让人心旌摇荡，或者泪流双行，使人终生受益；一首好诗，能够使人迷途知返、悔过自新、看到光明和希望的前景"，这是路军锋历经人生和艺术磨砺所悟到的真谛。虽然所有人的感悟不可能穷尽真理，但对于整个世界和每一个个体，出自真实内心的经验都是可贵的和值得尊重的。这是太行山给予诗人的激励、净化和提升，他的诗歌与梦想一定会像蜿蜒的太行山脉一样阔远，至少他可以从中获得启示，激励和灵魂的归宿。

是为序！

2017 年冬于西安

目 录
content

第一辑　写意太行

第二辑　太行恋情

第三辑　梦之路的春天

第五辑　云树云天

第一辑

写意太行

太行村落

杨柏的乡野

小路弯弯

饱含着阳光与水分

特别是秋天

阴雨绵绵的季节

你伫立群山和小村拉手的地方

雨水深入山与村的骨骼

雨花踉跄于瓦沟

淋湿的灰喜鹊缩着头

看潮湿的麦垛

土坯墙

舔着雨水

听门口的黄犬汪汪

看一队旅人

驻足于狼毒花中

等待雨停

等待下山的女人和羊群

归

杨柏的冬日

云淡风轻

一座座宁静的小村

似乎在打坐修行

枯黄的小草

寻找归宿的路径

深远的天空

传来归鸟疲倦的叫声

只有摇摆的松青

唤醒我沉睡的梦境

一碗酸菜手擀面

抓住游子回家的心

无论天边怎样宽阔

家乡多么遥远

都要扬起回家的帆

坐化的村落

行走在太行深山

穿梭于颓废的村庄

尘土与茅草相伴

青石在路旁冷看

到处有不戴帽的房子

还有脱光衣服的院落

石碾、牛栏

槐树、老井

早不发光的小路

风盖住了我的脚印

山中的遗址可能变得永恒

植　树

春天的味道在山坡上行走

土地的深处传来物理的碰撞

我爬上光秃秃的山冈

栽下一片白杨

为家乡寂寞的山梁

写一串绿色诗行

我的诗能浓缩春阳

也能浓缩和舒展我的梦想

我要用心灵的一片阴凉

去慰藉太行母亲的心房

我让绿叶去轻抚太阳月亮

也让一些恋人把情爱写在叶面上

太行山里有个洞

走在山里

太阳从头顶直射

满地金黄

忽左忽右

就是射不到我喜欢的洞口

山洞不大不小

可幽远深长

这里储藏着少年时的快乐

漆黑的洞里啥都看不见

感觉天地总是湿漉漉的

时不时落下雨花

用手一摸

凸起的地方宛如刀割

沿途的坑洼

鼓动着粗糙的岁月

黑色的眼球转动

胆怯的心房开始一点点负重

沿着曲折的洞，古怪的洞

提着胆怯，小心前行

后面的伙伴拽着我的呼吸

听声音冲撞着耳鼓

如同男低音辽阔得很远

直到看见一丝光亮

头顶裂开一道口子

胆怯才慢慢消失

新鲜的空气涌来

伙伴们才有了欢呼，有了歌唱

只一会，调皮的影子开始逃离

这时的天空壁立着黑色的云霞

一阵风后

仿佛刚才的故事又要重演

还好远处传来了同伴的呼唤

这才顺着语音寻去

每每想起少年

感觉那时候的胆子真大

太行山脚下的那口井

永远不会忘记

太行山的脚下

一座土坯的矮房

灰白色的墙壁

密密麻麻爬满无数个逗点

旁边还有一个垒得老高的井台

辘轳，井绳，黝黑，黝黑

藏满岁月的感觉

母亲吃力的臂膀

摇起甘甜的清水

但她从不让我靠近

说那是孩子的禁区

远远地看着母亲

看着山林滚下的落叶

匆匆追赶母亲吃力的脚印

时间久了

母亲的身影在我眼里渐渐长高

开始懂得了吃苦耐劳与拼搏

聚寿山
——太行山上的明珠

今天我们用文字的方式

相聚在聚寿山

拥抱古色古香的红

眼前一座座古寺的建筑

仿佛当年梦中的仙境

宛如多年情人的眼睛

啊，聚寿山

我为你打扮成帅气英俊

风度翩翩地与你靠近

踩在湿润的石板路

与你亲近

怀揣刚写的诗行

给你深情的朗诵

诗行里有情有景有爱

上了年纪的古树

摇摆着还算清醒的醉意

小雨蒙蒙，印着古典的宁静

这是我梦想多年的古色古情

故土老家

靠住臆想

抚摸沧桑

聆听你非凡的故事

写你最优美的篇章

用我的爱心打湿我的衣襟

今天我们一同畅怀

一同漫步

望着满天的星斗

我愿意守着凝重的古典

庄重的翠柏

好与鸟一起鸣叫

和鱼一起相依为命

看着眼泪滴落不再年轻的我

远处漂来的木鱼，故土的居士

与我的诗，句句相吻

春天写意

太行山的春，绿得眨眼
漫山遍野随风摇曳
深林与土地皆被绿色覆盖
引来无数的鸟鸣
护林人的草房换成了砖房
孤独的他有了红衣的陪伴
溪水也从沉睡中醒来
小声地潜伏在草丛中
偷窥他们爱情的甜蜜
日子一点点钻进暖阳里

春天素描

春天从柳枝上滑落地面

叫醒了酣睡的土地

它把蒲公英最先举起

天地开始美丽起来

风是看不见的画家

最先把桃花杏花勾勒出来

引来踏青的视线

只有太行山的深处

仍然有冷的窘迫

大片的原野等待春的到来

几棵站在山边上的小树

不知害怕地把手伸出山外

等待画师最先的发现

还好，太阳今天起得早

听父亲的胡琴

太阳掉落山的背面

七一我回到故乡

回到了生我养我的太行

现在的小村没有黑暗

因为路的两旁

聚拢了许多太阳似的灯盏

母亲为我做家乡的饭菜

父亲坐在自家的枣树下面

拿起他心爱的胡琴

拉起我最爱听的旋律

十送红军

用水的绵绵

追寻闪闪的红星

感染的旋律深入骨髓

音符的跳跃

让我感到雪山草地的艰辛

最后琴声穿越太行

让我看见了现在的歌舞升平

在现代的流行音乐里

我还是感觉它最优美

在大地回旋

让我牵肠

给我震撼

第二

辑

太
行
恋
情

爱恋紫柏山

紫柏山上

折一片绿色

让我感受到你的清凉

剪一缕情丝

挂在枝上

孤独的心房

就有梦了

掬一捧泉水

洒向土地

就有了生长万物的雨了

当我离你而去的时候

那紫柏山的绿

定是我的情

因为那绿色不会中断

期盼四月

三月

播放着春的序曲

忽冷忽热的晓风

诉说着四月里的爱情

满山的梨树

挂满枝头的童话

每打开一个洁白的细胞

就有一个希望在枝头酝酿

你瞧，走上山坡的女子

正摇响三月的风铃

激越的风情

挡不住四月里的诱惑

一夜春风

丰满山上的神韵

渴望四月里那洁白的相思

思念梨花

寒冬过后

总让人思念家乡

思念坡上坡下

那高贵的女人

总是在这个季节

诗人，画家，如约而至

恨那骤来的风雨

掳走了想见的容颜

泥泞的小径

到处是凋零的残雪

在陡坡的拐弯处

让我想起昨日的记忆

眼里到处是晃动的倩影

当从伤感的梦中惊醒

你可知我来时的欢乐

离去的忧伤

山　花

春暖花开时

漫山遍野暗香浮动

云和月以马头琴的节奏

来来去去

为了昨日的誓言

粉红的笑靥

谢绝彩蝶与蜂儿的赞誉

痴痴的眼神

一直打捞山下的小屋

美丽一直往前拥挤

守　候

在骏马岭的山头你说过

会架设一条滑车

让两个山头拉起手

你从那头滑翔到这头

因此我一直等候

焦急地算着时间

一天天，一年年

我始终相信

滑车会滑向这头

所以我把记忆

静静地守候

午夜听雨

午夜的雨与我隔窗相望

不大的窗前，听雨

听李白的诗句由远而近

渐渐地把瓦檐打湿

把路面打湿

静静地听，静静地想

如同听女神的脚步

古典而优雅

可我听不见我心中女神的呼吸与歌唱

好几个月了

不知美丽是否还在流浪

仿佛我不再是你的牵挂

你到处歌唱，把青春撒在路上

我双手覆盖面颊

却盖不住满目思念的忧伤

没有人告诉我爱你的方向

没有人指点我寻觅你的路径

我只有静静伫立窗前

喃喃自语

听一夜的诗雨

黎明遐想

昨晚啥时睡的
我不知道
一本几十个名字的诗刊
从松动的手掌里滑落
揉揉眼，一个女人的名字
一动不动地看着我
只有一行诗我看得见
杨柳把春风写出了公馆外
不翻页就知道她写给我的
她的诗总让我心跳
我喜欢她的诗句
如同喜欢厚厚的窗帘
卧室在无声中一点点变白
阳光从缝隙里伸进头来
一道锁死死抵住阳光
一旦锁打开
喧哗就会蜂拥而进
我喜欢寂寞
就如同喜欢寂寞的诗行

思 念

那条我们共同
走过的小路
一转
再不见你了

大海和它的影子
都在梦中醒着
好多年过去了
仿佛眩晕的天空
遇见更眩晕的闪电
而你越来越远的背影
只是它播放的
一个片段

不哭，也不笑
大海越用越咸
鸽子才是
会飞的海岸线

想你的时候

浪花是会流泪的

我在泪水里变软

你在浪花里变蓝

想你的时候我就喝酒

想你的时候

开一瓶梦之路酒

坐在无人的空间

扬一扬脖子

灌入另一个大瓶

于是就有了记忆

穿过梦幻般的城市

痴痴地看五层的窗帘

会不会播放你朦胧的影子

天空是否会飘着你温柔的话语

想着你浅浅的微笑

感觉喝再好的酒

也缺少一种味道

打开音乐不如再灌一瓶

酒只能安慰我自己

一种渴望

要走就走

不要老是回头

目光漂洗的那朵玫瑰

会绊倒你的身影

耽误你的行程

如果真是喜欢

就不要远行

就让玫瑰的香

和你形影不离

哪怕是雨季

那把雨伞也会在你头顶等你

爱就在身边

就在你转身的背影

太行恋情

太行山眨着两只眼睛

思念的泪掉落在狼毒花的脚下

于是，狼毒花有它不一样的感伤

她和她的感情在时间的记忆中老去

一个在城市的喧哗中成熟

一个在狼毒花的地方凝视

现在的情感不像以前踏实

现实就是现实

忠诚与永恒会在寒冷中摇摆

但我还是相信太行人的爱情

淳朴善良真诚

只要肯在门口熬上几年

一定会点燃太行人的恋情

析城山之恋

在商汤祈雨的地方

有一个神奇的娘娘池

娘娘池的周围

是一个神奇的亚甸草原

草长高的时候

最耀眼的是草中的狼毒花

此时的它，随风摇摆

风情正浪

我认识它，叫它姻粉花

周围是上了年纪的古树

还有七彩的岩石和溪流

壮丽的十八罗汉峰

卡着腰守在它的身旁

五颜六色的帐篷星罗棋布

点缀着辽阔的草甸

尽情地享受着凉风的梳理

古老的吉他

弹奏着析城山古老的山曲

这里不乏远方寻梦的情侣

所有的女人斑斓蝶舞

所有的男人英俊潇洒

散发着雄性啤酒的诱人芳香

他们开始飞翔

他们开始歌唱

都在深深的季节里生长

在欲望与渴望之中

从来不把爱的季节错过

这时候你会看见鸟语闪烁

挂满草甸辽阔的天空

草甸看日出

是一部壮丽的分娩

从这里走出去的男女

都会回来

站在草甸的风景线上

想成为一棵树，一棵古老的相思树

一直站着，直到月亮升起

成为草甸最显眼的影子

七夕，我在太行想起你

在太行山的脚下

一条小溪从没有停止呼唤

小溪轻吻过我的脸

打湿过你我的衣裳

可自从你走出太行

再没有听见你的声音

太行山的小溪照样汩汩地流淌

流完白天流黑夜

让我每天都能想起小溪边的黄昏

是谁挽住你命运的纤手

让我俩相爱又相聚

最后不得不分离

远在他乡的妹妹呀

你是否能听见哥哥痛苦的孤吟

是否还记得太行脚下的小溪

记得难忘的黄昏

我的心

一首思恋的歌

就想送给你

太行山的寂寞

属于你的情感

而我的烦恼

始终走不出你的记忆

明天的远行

长时间的分离

既然无法抗拒

我唯有的要求

就是把这首思恋的歌

录制在你心里

九女仙湖

我的思念在太行山坳

九女仙湖有一艘小船

系在我心灵的港湾

我时常搁浅在它的身边

山风里，总是睁着古铜色的双眼

努力编织月下的情感

那里心旷神怡

常常让我依恋

红裙子钟情地向我呼唤

她是个爱笑的姑娘

笑声宛若银铃

就像随风舞动的青竹

让你不时心跳加速

我就是跌进水中的星星

缠绵在小船与水之间

去摇曳芳草的心愿

雨中的疼痛

雨季

伞，撑满了整个城市

绵绵的，绵绵的

一个孤独的影子

像一颗拉长的惊叹号

不愿看见她走出自己的视线

他仿佛悟出

他是世界上最傻的男人

徘徊在雨季的十字街头

他好像还有一点自信

寻找雨中是否有刚刚点亮的窗口

他想跟她说

他是一个对爱没有经验的人

不是一个好猎手

就不知道给她一束

每天开不败的花朵

领她爬上最高的楼顶

去看属于他俩自己的星星

他真的不愿她离去
不愿在七月的雨季中离去
他用手拂拭脸上的泪水，雨水
一块冰冷的石头
躲进自己的身体
那是一颗被拒绝的心
在雨季第一次疼痛

太行山的恋情

朦胧的夜纱

裹不住太行脚下的情感

两只眼睛

总把离别的凄凉

挂在摇曳的树杈上

于是，他与她的记忆

跋涉成太行两道深深辙印

在太行脚下延伸不停

只有两人彼此信任

忠贞与永恒

无论走到哪里

夜的思恋总能点亮

黑夜的眼睛

太行山的男人是这样

太行山的女人更是这样

梅雨里有诗

你是夏季走的

什么也没说

许多孤独的日子

开始发暗

暗了黄昏，暗了夜晚

暗了太阳，暗了月亮

唯有那首情诗

在孤独的日子里

长时间发亮

暖 意

清晨出门

天空还在下着细雨

随即升腾起一缕款款的感觉

昨夜伞下温存的话语

已经烙印心里

伞下是难忘的

而今天的伞不能张开

你是否还站在骏马岭公园

是否重复在公园绿色的小路上

花裙子在雨中赶路

走时你把雨伞推给我

留下三个字

你的名字

一个名字

像雪一样晶莹

在黑夜的深处蔓延

融化在心里

思念在梦里

这个优雅漂亮的名字

在草原文化部落

如同风铃发出的声响

在太行山撞击出回声

兴奋了河流

听醉了山林

娜仁朵兰

两棵树，一条河

一座山上
一棵树爱上另一棵树
说近不近，说远不远
久久相望
却不能相依
随着时间的煎熬
终于忍不住感情的折磨
电闪雷鸣间
山顶流出两行思念的泪水
融在一起，奔流远方

第三
辑

梦之路的春天

马场骑士

秋风，推出几名武装的骑士

疾风似的

追赶远去的尘土

惊讶的跨越中给我鞠躬行礼在这个秋季里

收获了骑士与马对我的崇拜

我想起了那首感恩的歌曲

用音乐护送勇敢的骑士

此时他们正一高一低跳跃

我用一个军人的姿势

抖落出以往的随意

对他们举手敬礼

感情彼此拉近

走进眼中的风景

这里是最真实的地域

最美的军姿

年没过完，你就走

云海的那天

雪片亲吻你我的脸颊

含苞的日子就这样

年一松手

日子一天天滑落

河水张开了嘴

哼起春天的歌

岸边的垂柳开始泛绿

这个时节你就走

秀发轻抚我一下

牵着我的目光一直向东

远了那朵淡淡的花

我扶着冷风狠命地寻你

雪迷乱了自以为明亮的眼睛

其实，我不想让你走

想把爱留在适应自己播种的土地

我知道你是为了生活得更好

为了这一天，我会努力

让这朵花永远开放在心里
我决定接过父亲手中的镐把
用汗水打磨
在丰收的季节等你

灯　笼

大红的灯笼

挂在大门的两边

儿子的喊声把我拽出门槛

满城皆是灯

人把路挤满

这时才想起

父亲抽着旱烟

母亲斜靠在虚掩的门边

望着小路弯弯

紫柏山上的落叶

翠绿的山林中

风在秋日里

一点点疯狂起来

红枫叶在空中徘徊

吓得不敢落脚

但我强烈地感受

生命存在的真实

飘落是来年的再生

欲望终会散步在长途跋涉中

痛苦一点点降临它们身上

我能感觉它们就是

紫柏山上空闪光的鳞片

冬游风情小镇

冬天的风情小镇

显眼的是那钟鼓楼上的表针

一动不动

分针挑着左面的太行

时针昂视空旷的天空

枯黄的野草随风摆动

紧抓脚下贴近水面的泥土

固执等待春天

树枝上的小红豆

窃窃私语

看远处一对情侣

害羞地轻触神秘的区域

一只断了线的风筝

挣扎在不远的电线上

像是叨叨它主人的无能

我安静伫立在黄昏中

假装不闻不问

天空一点点暗淡

黑注定是我回家的颜色

临时起意

来风情小镇
是白哥的建议
还没有玩得尽兴
天就黑了下来
远方的天空
黑幕慢慢下垂
仅有的一点光亮
被远处的山口吞噬
黑色浓缩成一杯咖啡
被开启的灯光喝下
我只是在想
来也匆匆，回也匆匆
目的就一个
把宅在家里的心放下
心跟着车灯摇晃
光亮直冲我住的楼房

梨花是雪白的鸟

在我眼里

梨花是一只只雪白的云雀

总在四月伫立枝头

看阳光走近

听脚下残雪的哭泣

在自己的家园

尽情啜饮湿润的雨露

听诗人们的脚步匆匆

听自己在枝头唱响的声音

坚强的花朵

想看梨花

梨树总不告我花开的季节

早春，我提前来到这里

想看它最初的容颜

谁知突来的飞蝶

削落了洁白的花瓣

我看到了是残忍的伤感

片片花瓣如同打碎的心

让我切指好多天

它零落的容颜

似乎告诉我

什么是酸甜苦辣

什么是悲欢离合

可在难过后

我猛然看到枝头上

还有洁白的坚强

似乎也看见了甜蜜的硕果

正迎风摇曳

年　轮

春风在柳枝上

抹了一把绿

没敢驻足

在母亲的催促下

羞答答地来到

太行之巅

含着刚刚融化的雪水

亲吻沉睡的爱人

大山开始泛绿

山缝隙传出的虫鸣鸟叫

娓娓地讲述着

年轮的故事

新的一年又启动了

穿　越

我家住在山的中间

比云低一点

比沟高许多

春天，风撞着山

摸一下它的脸

它从上到下就开始绿了

从山的缝隙里穿过

很多记忆开始清醒

有过很多疼痛

流过很多血

咬咬牙，止住血

一切重新开始

雪停在黄昏

天地一色时

雪花开始落尽

一群鸟远方飞来

找不见落脚的地方

盘旋了好半天

终于选择了一号公馆

冻僵的一块青石

周围留下一块黄土的脚印

是谁在这里徘徊

等一片红云

酒　趣

三杯酒

脸就成了财神

路就成了动漫

喜庆的是

能听见李白杜甫的诗句

忽远忽近

一些梦开始在酒瓶的沿口

醒来

不同的角色开始演出

梦之路让你有说有唱

让你一个冬天闲下来

不走

日　子

天暖

告别山路上想起的梦幻

驱车在城市血管中奔跑

这些日子

潮湿的心中长满了青苔

渴望阳光给点温暖

这些天来

神经脆弱，伤痕累累

渴望温泉的水浸泡疗伤

这些日子

渴望公园的一朵鲜花

开在因风雨而寂寞的脸上

渴望梦之路的画笔

能把灰暗的灵魂涂抹上色彩

这些日子

情绪的低落

与南来的大雁，广场的鸽子无关

这些日子

我不平的脉搏
希望有爱我的人跑来
号脉疗伤

析城山的黄昏

从圣王坪下来

夕阳正被远山的一角挑着

一群人仰起头颅

开始朗读天空

星星慢慢升起

我们赶紧钻进钢铁的空间

追逐前方的钢铁

此时的黄昏

有如少妇散乱飘远的长发

以淡黄，以缤纷

开始念珠的浑圆

圣王坪瞬间远遁在黑暗

有小河的声响从山的背面跑来

有风做伴

车灯下一群雪白从山上滚下

挤满山路的中央

只听一声吆喝，一阵鞭响

羊群跑下路旁升起的炊烟

亮灯的石板房前
一个少妇柔软的身躯
忽闪忽现
男子汉匆匆归去
淹没在女性柔情的叨叨里
我们在车上有点焦渴与不安

年　关

大山的深处

有一座掉了门牙的老房

那是父母和我的家

风吹雨打

老房似乎有点飘摇

但它始终不肯挪动半步

房后的老牛一边啃吃着甘草

一边斜视着咩咩的小羊

母亲端着粗瓷蓝碗

怔怔地望着山的那边

父亲叼着烟卷

任雪花漂染着自己的头发

此时的我

正马不停蹄

怀揣着一年的辛苦

奔向属于自己的国王

……

车子驶进蟒河

在蟒河的边缘

不知谁把银河摘下

安放在大山的中间

车子驶进幽长的寂寞

才让人理解一些人的奥秘

深沉而幽远

前行到尽头

也没看见想看见的倒影

我开始思念诗

银河思念李白

留守儿童

析城山下有个村庄

黄色的山梁上

跑着几个光腚的孩童

泥巴在腿肚下不停地翻腾

偶尔有老人呼唤

温暖的阳光下

老人们围成圈圈

使劲搓着棒棒

眼神还不停地打捞远方

几间心疼的老房

挂满了秋天的金黄

一只贼瘦的黑狗

汪汪地看着落幕的阳光

这就是生我的地方

也是我快乐的家园

演礼的杏花

春风路过一片杏林

调皮地摇动着香枝

一片片雪白的云雀

突然间腾跃枝头

想摘取一双双渴盼的眼睛

吉祥的喜鹊

站立在杏花的枝上

讲述着高贵女人的故事

赏花的人蜂拥而至

只为美丽

能深藏她的梦中

就连树下的油菜花

也开始用力争妍

站在四月香甜的空气里

情怀涌动

一浪一浪的青葱

回应着春天的喜悦
杏福庄园的风光
真令人留连
杏花自己也是醉了

梦之路的春天

酥雨刚刚淋湿了喜鹊那黑白的剪刀

幼小的种子就蹲好了马步

迫不及待地

准备运动

柳枝呼出的一片嫩芽

偷偷看着春风在树梢上荡漾

旷野中五颜六色的花草开始争妍

窖藏多年的老酒

为嘉宾一一斟满

春联还崭新地展示着

神州大地的红

希望就在嬉笑的脸上绽放了

铮铮铁骨开始打拼

梦之路正一步步走来

亲切，淳朴

让你一个世纪难忘

清明祭奠外祖母

半青半黄的雨天
我们的眼睛被雨雾罩着
在太行山的深处
一条弯曲泥泞的小路
吃力地排着去年的队形
走进自己深埋的亲人
我们依旧把鞭炮拉长
挂在墓前的柳枝上
点烧一年一度的眼泪
除了鞭炮声就是哭泣
平时坚强的我也被这情景感染
泪水里忆起外祖母
一副慈祥的面容
把一个窝窝头塞到我手里
四十年了依然清晰如昨
母亲的哭声最大
把我的回忆拽回现实
眼前墓草气浓
我排在母亲身后
一磕头，二磕头，三磕头

从北大造梦中醒来

未名湖畔让我欢呼迷恋
博雅塔下使我陶醉惊叹
一群远方追梦的人
被它吸引在怀中
聆听着智者的稀音
感受着百年不散的文气

北大是一个造梦的磁场
为特色小镇造梦
为传奇的故事造梦
我们高举梦之路这杆大旗
沉浸在造梦光环里

当梦做到最美时刻
有浑厚的钟声从远处传来
快步走到窗前
打开窗帘
眼前顿时豁亮起来

未名湖畔宛如彩色的画卷
怎么看都是北大精彩的封面
蔚蓝的天空没有一丝云彩
博雅塔上睁着半睡半醒的灯光
远处高大的建筑
正推开黎明的晨雾
一眼寻不见尽头

许多楼房拥挤着喘不上气来
只有我这里略显轻松
湖面上垂柳摇曳着倒影
偶尔听到李白的诗句
在未名湖畔的微风里荡漾

树与骄子疏影交替
晨风追赶着匆匆的脚步
太阳正在博雅塔上伫立
催促自己火速行动

厚厚的一本笔记
装载解惑者造梦的经典
早早学完，早早回去
回到属于自己的小镇
属于自己的草木，楼阁
那里有属于自己的泥土
有属于自己造梦的基地

聚寿山的宝积塔

仰视巍峨的佛塔

喧动阳光的高潮

它孤傲耸天

以其巨大的空间体量

在聚寿山嘹亮卓越的北方

它是佛陀涅槃的庄严

是景区象征的标志

有位故乡的中年人

在此深深地驻足

写一首短诗想留给此地

无数相似的塔

有意无意擦亮过他的眼睛

可过后他忘得一干二净

唯有聚寿山的宝积塔

让他骄傲

让他记住象征福禄寿喜的宝物

随意伫立塔前，内看外视

给人以超凡脱俗的感觉

与北面的五台山白塔一样
有着中国最响亮的风格
它采用景泰蓝的工艺
用柔软的轴扇铜丝做线条
捏出不同造型的图案花纹
经过烧制，磨平，镀金而成
它是聚寿山最立体的绝唱
在这片神奇的山上
一眼看见的就是宝积塔
它总是静静地巍峨在此
遥望远方
仿佛在等另一个兄弟的崛起
雄伟的宝塔，普照大地

仰视聚寿山

弯曲的路越走越窄

福禄寿喜阁

拥挤在山地的空间

到处是滴金的色彩

就连半山的小村

也被佛光普照

饭店胖得不成体统

节假日的停车场

让一辆辆钢铁

塞得水泄不通

就连落日

也叹息这超重的空间

这到底是人间还是天堂

周至水街

眼里装满水街的风景

跟着落日的红，我走了

当夜晚的灯火飘荡湖心

记忆成了沉入湖底的涟漪

任那把老吉他把歌声斜挂

温柔的呼唤

背影是悄悄的风景

让淡淡的微笑放逐春天的月色

周至水街，是北方最好的江南

水街两旁的小院

更是我此行中难忘的部分

延安印象

延河的水还在静静地穿越
宝塔山上的塔依然昂视着天空
杨家岭和枣园的星火
让这块红色的土地变得火热

北国的风光妖娆多娇
透过 1936 年的一场大雪
已洞察了世界格局
运筹窑洞，决胜千里
小米、步枪
演绎了多少风流人物
连一世英明的胡宗南
也偏偏遇上延安
震惊世界的奇迹
英雄豪杰也折腰

饮一杯小酒
夹块红烧肉或者野菜

品尝一下艰苦岁月的欣慰
百折不挠九死一生
中国人民至此挺起了脊梁
天安门城楼发出的最强音
其实就是延安的魂魄与精神

阳城，有我的诗行

——写在"五一"劳动节前夕

工地上

眼睛总是望着洁净的天空

看脚手架一点点竖向空中

直到有一天

荣耀封顶的大字写上顶层

眼睛才会涌出莹莹的泪水

伙伴们用塔吊把我送上离太阳月亮最近的地方

站在太阳与月亮这副光环下面

仔细 端详着

端详刚刚标上最后一个句号的诗文

潮湿的混凝土

散发着油墨的芳香

砌进墙壁里的日日夜夜

如同铿锵有力的诗行

正被阳光与月光激情地朗诵

啊，阳城，我的故乡

这片古老的土地上

有我许多

钢筋水泥的诗行

我喜欢七月

喜欢七月

不如说是喜欢七月的雨天

因为七月是蝉鸣跟雨天连在一起的

天刚亮时，他们就会把嗓子从低处抬到最高处

一曲七月的赞歌

就开始在天空中传播

你会看见林荫下裙线摇摆的舞动

看见太阳伞在夏风中是怎样的一个轻飘

七月属于流汗的季节

属于喝啤酒吃冷饮的时光

属于西班牙斗牛士的疯狂

这样的季节有雪糕也是白搭

几分钟的缓解

唯有让你舒服的是雨天

七月天是唱戏的脸

说变就变

走着走着就有雨水光临
脚步会很凌乱地躲到树荫
躲到楼房，躲进童话里

坐在雨帘中
你会看见盖楼的民工
来不及拍拍安全帽上的淤尘
就被雨水浇乱了思绪
好半天才走出思绪凌乱的源头
看清自己长满老茧的双手
会满不在乎地抠抠
然后看看树枝下零碎的背影
找找树上几声凄惨蝉鸣
看看天空，说一声"雨快停了吧"

卖水果的女孩听到
扭过头来会冲他们微微一笑
瞬间，隔着雨帘

胡思乱想地把她们写进自己的故事

放在某一个段落

有空就拿出来嚼一嚼

雨在下，路很长

卖水果姑娘的秀发

说远很远，说近很近

我住的城市正发生着翻天覆地的变化

而且到处是要盖风情小镇的设想

凭着预感，会有好多农民涌入城里

成为新一代市民

于是我们结实的臂膀又会宽大起来

一组组雕像群

会再一次矗立在七月的广场七月的雨天

在以后的日子里

七月的雨天，姑娘，楼房，冷饮，雪糕

会在光滑的柏油路面叠满彩色的记忆

步入老年的时代老人
浑浊的花眼里
会回旋很久很久的雨天

唐朝三绝

就在这个夏天

在一个神奇的夜晚

我看到了唐朝的月亮

上面还映有李白举杯的身影

永乐宫外的广场

灯火通明琴声泛起

斐旻气宇轩昂手执青龙

闪展腾挪似银蛇飞舞

飞檐走壁如游龙戏凤

突然间一把剑直掷天宇

待悬空急落

惊愕众人时

早被李白的诗喝停

张旭饮了口御赐佳酿

说不清的热血沸腾

手拈狼毫蘸把月色

一起手便云烟缭绕

疾风骤雨满天庭

揉一揉恍如做梦的眼睛

群星退了

夏季里的一片叶

还没有到秋天

看见一片叶飘落

一阵风过来

转了几个圈圈

上了天空

它已经失去知觉

不会飞

只能随风飘浮

虽然那不是飞翔

但也算是最后的潇洒

未名湖畔的景色

从翻尾鱼岸边望去
博雅塔下一步一景
柳树郁郁葱葱
染绿了未名湖畔的两岸
敞露了千年湖水之魂
瀚海深深
藏卧千千万万北大的灵魂
浮动着北大学子们的智慧与灵气
未名湖是北大的眼睛
博雅塔就是瞳仁
凝聚了北大精魂不朽的图腾
这里有各地的方言，口语，乡音
有钱穆国师谆谆教诲
有司徒雷登的办校方针
有未名湖畔三隐士不朽的传说
有无数的大师在这里扬名
我跟未名湖掉落的云亲近
跟古树，叠石，鸟儿亲近
跟北大红楼亲近

跟湖畔不远处的"八古图"亲近

"八古图"是八国联军火烧圆明园遗留的景色

也是外国人侵略中国的罪证

如今未名湖畔周边景色更加迷人

给未名湖畔平添了不少景色

抬眼有西山远黛

低头有水光涟漪

未名湖畔养育着东方学子

未名湖畔如今花样翻新

洪亮钟声激荡多少爱国的心声

蔡元培高大的形象

让多少学子站成国家两院的栋梁

这是未名湖畔最有成就的亮点

年轻的未名湖畔是最古老的湖畔

古老的未名湖畔也是最年轻的湖畔

离天空最近，离祖国的心脏最近

每年的未名湖畔

皆会涌来一波又一波的神圣

宁静的析城山

燥热隐遁时

析城山开始沉睡

远处传来了牧归的牛铃

一群下山的人蜿蜒在路上

脸上拂过潮湿的暖风

一群鸟投向灰白的云层

一间沧桑的庙宇

成了朦胧中的风景

娘娘池从心畔走过

远处的蒙古包星星点点

谁家的女子与牧羊犬

悠闲地散步

快下山时

山路骤然缩短了长度

深吸一口气

一片晚霞从肺部呼出

落日隐隐被山角挂住

小草、大地打起哈欠

天空最终垂下眼帘
还有一群人擦肩而过
彼此默契
一同微笑而又无言
共享着神奇的高山草甸

析城山七月

燃烧的七月

心空任性地飘着追求

飘着梦想

飘着渴望的季节

野百合露出流泪的脸颊

狼毒花盛开着高洁

却隐藏着狠毒

大自然都在繁忙地进行爱的装卸

坎坷的小路显示着男性的雀跃

女性的温柔与狡黠

常青藤在路旁等待与憧憬的缔约

青纱帐正摇曳着慰藉

七月，萌动着倔强

延伸着惬意

奔跑着如火的青春

没有颤音，没有犹豫

只有欲望像玉米拔节生长

走向成熟，走向甜蜜的七月

烧红的七月

我与太行山的石头

我远离城市

是地地道道山里人

但我从不寂寞

有一块石头与我同居山里

它没有名字

但每天和我见面

和我交谈

有风的时候它替我遮挡

暗示我这里危险

我们彼此默契

它熟知我开门关门的声音

熟知我脚步快慢的节奏

在一次雨季的远行中

我无意中回首

看见石头伫立雨中

泪雨婆娑

年的涌动

小年刚过

城里的每一条街道

五颜六色开始饱满起来

骏马岭的公园里

只有我一个人的身躯

在冷落中游荡

直到天空被星星点亮

我才感觉自己是一个伟大的萤火虫

一下子，展开翅膀，放开喉咙

打开焦达摩诗深远的黑洞

无法阻挡的诗行从狭窄的牙缝里吟诵

在每一个角落

直到被站在高处的天宫一号接住

又使劲抛回

砸到一个从街上置办年货女人

嘿，这不是云霞吗？

一个嫁到山外的美女

是回来过年，还是有了说不出的原因，这个年代，无法说清

路两边的灯光像站岗值班的民警

一路护送她前行

摇摆的花底黑裙

晃着我找不到边际的视线

脖颈上让人遐想陶醉的翡翠

夺取了星空里所有的灿烂

你好！闲夫，诗也做得这么诱人

被人表扬，有种说不清的快感

何况还是个美女

我赶忙说"谢谢"

语言有点生硬

让冷风裹着

似乎她没有听到

她脚步轻盈，似彩蝶飘飘

嘴里也在朗诵着诗句

好像是曲径通幽

没看见上帝，自己就老了

语音的后面只留下了玫瑰花的香味

我的嗅觉是灵敏的
一定是她的
远处有零星的鞭炮响起
所有的高楼大厦都亮起了冲天的色彩
所有的道路装饰一新
我看见年正一步步走来

难改那一口乡音

今夜雨落窗前

我想你

摇落太行山边的云

温暖孤寂的心

时常登山遥望

做几句思念的诗慢慢吟

语句虽有些老

却难改对你的情思

记得冬天

去年冬天

记得没有下雪

只是想起了无关的事

然后弹着刚买回的古琴

听琴声是否悠扬

小憩的时候

走到窗子跟前

看卖瓜子的女孩打没打烊

看她的朋友接没接她

冬天冷得哈气都不拐弯

只有远处的大烟筒吐着黑烟

人们只是看看

懒得管

邻居倒是出出进进

他父亲得了肺病

每一天都是绝版

时间

让每一天都是绝版

无法复制

也不能还原

珍惜每一天绝版的故事

每一天还是一块铺地的砖

如何铺好自己的路

决定你是走向平坦还是泥潭

桥　墩

虽然你粗壮，敦实

可不像丰碑那么显眼

在山里，在水里

即使粉身碎骨也作根基

笑望钢铁从身体走过

体验山险与水阔

看海鸟拖拽着太阳潮起潮落

看和平鸽畅游祖国蓝天

让世界向我们一步步走来

秋 风

秋风比我想象的来得早

我倒没什么

只是感觉路边的菊花

有了明显的愁容

月儿蒙着面纱啼哭

回首观望

不见闭月沉重的踪影

河面涌动

雁声悠远

落幕的太阳不肯离去

停　电

我住的地方

是个没有头衔的地方

总是突然停电

紧接着就是埋怨

有什么用

老人就是傻坐地等

骂一帮王八蛋

年轻的用手机照明

没有 wlan

看看目录

听听外边谁家的狗吠

不知谁点燃了蜡烛

火光一闪一闪

重复旧时的夜晚

火苗跳动着饥渴的视线

知识与蜡烛的光汇集

所有的怨气开始平息

来电了

又是一阵惊叫
是欢喜的
一种旧友重别的感觉
有灯的夜晚
一切都是透亮的

出　走

因为一点小事

你负气出走

独自旅行

去了脚的那一边

我的心被你踩得隐隐着痛

我掏出它

让家乡的树枝挑着

风干着盼你

抚摸身旁的叶

听着河边的蛙鸣

我一声声叹息

客厅里无人

厨房的锅碗

正被灰尘一点点覆盖

杨家岭住过的伟人

在这里

大山的深处

曾经是鱼肚色飘起的地方

一块确实很美的天堂

群山拉着手各退五十米

给一代伟人留下空间

这里不缺草，不缺树

更不缺清凉的窑洞

很冷的时光

会被树叶摇晃得逃离

伟人在这里成熟

一个个窑洞

就是一个个诱惑的窗

开启窗户

光芒四射

把穷苦人从水深火热中拉出

让一匹匹战马从这里出发

长啸不止

灭日寇、诛老蒋
放飞一个真正的太阳
让光芒铺满一砖一瓦、一草一木
崛起一个民族的高大

第四
辑

泥土是一件珍品

情醉聚寿山

面对聚寿山，我多想用文字来描摹一座寿积山：

里面装满慈悲，喜舍，精进，安宁！

用虔诚拥抱古色古香的庙宇，亭台水榭。

青山绿水间：一座座古朴的建筑，仿佛当年梦中的仙境

汩汩流泉：宛如顾盼多年的情人眼眸！

啊，聚寿山！我想做你忠诚的情人！

我愿意摘他乡的明月点亮你的夜晚。

我愿意踩着湿润的泥土与你亲近！

我愿意化成一块山石守候你的春夏秋冬！

我愿意用满腹热诚化成诗行，为你深情地朗诵！

诗行里有情有景有爱！

古树，山泉，顽石，远村如梦似幻。

情醉聚寿山，心系故乡人！

蒙蒙细雨，刷洗千年的宁静。

这是我梦想多年的故乡山水！

故土老家，倾心吐胆。背靠臆想，抚摸沧桑。

聆听你非凡的故事；写你最优美的篇章！用你的博爱装
满我的行囊！向未来，向远方！

入夜，我们一同漫步月下，望着满天的星斗。

我愿意守着这份忠诚！眷恋这份古朴。

林中听风，与鸟儿齐鸣，和鱼儿相依为命！

不再年轻的我此刻犹如新生！

汾阳美酒梦之路

人要是老了，从眼角看起。古街要是老了，从石头看起。杏花村要是老了，那得从历史的起源算起。唐朝牧童的轻轻一指，訇然间便开启了美酒的盛世豪情。汾阳梦之路酒一脉相承，今天得意，众人皆知，是以它的醇香、甘甜、醇厚开始，渐渐蔓延起来，留住、留住、留住酒中最古老的皱纹之一，留住酒盅桌子上的率真情怀与沧海变桑田的研磨时光。今天的汾阳梦之路酒从古街小巷流出，从城市的喧嚣流出。看盛大的宴会，庆功的酒杯，吹唢呐的汉子，敲喜锣的汉子，涂粉的婆子，无一不是新娘、新郎成为今天喜中的风景。无从想象，没有美酒的燃烧，漫长的生命将会是怎样一个漫长的冬天；可以想象，没有美酒的眩晕，李白的徒孙们定会将干瘪的诗煎熬成白昼。今天，愿这绵软的液体成为满杯的星星之火，为我们把心境暖起。人生得意须尽欢，莫使金樽空对月！

秋天的蝉

四年一次艰辛

才栖息在仲夏的枝头

绿叶的思念

在岁月的梦中不停地倾诉

太行的凉夜，染熟了金秋

析城山最后的倩影低唱

依然如故

透明的羽翼

飞越生命所有的高枝

却无法越过寒冷的暑季

最后的歌声唱给最后的落叶

然后悄悄地离去

阿拉善的腾格里沙漠

从太行脚下

一路向西，再向西

腾格里沙漠渐渐跑来

见到了久违的沙海

金色在流动，探险已不由自主

走了好远就是为了这场景

石头，索索草，沙枣，月亮湖

这些浅浅的故事

在我的家乡都没有发生

这些可爱的精灵

半生不熟地接待着我们

看着我们这些好奇的游客

它们也开始欢呼

自由在塞外撒野

看见我们汽车启动

蓝天和阳光慢慢消失

我们系紧安全带

牵着诗友的手

掠过惊险刺激的沙丘

我们看见了比我们还勇敢的车辙印

沙海里依然长着无名的花草

前方会看见风沙的顿挫

会看见鸟在滑动的曲线谱上撩拨

在这刺激勇敢的天地

我们一直走，一直冲

直到最后一张摄影被我们收拢

汽车叹息而返

我们拥有了风光，民俗

被导读过的热情

登贺兰山

在草原上穿行

我们出使梦中的王国

美丽的神话从草原沙漠里飘来

有雷声从贺兰山顶驶过

这是我们要去的地方

已经看见贺兰山顶的宫殿

门窗敞开在召唤

云海深处

松柏摇曳着松香

远处的腾格里沙漠

闪烁着金光

苍鹰在四处窥测

蓬勃的脉动回荡古老的心核

猎猎的袈裟迎风鼓舞

即将有七色的雨敲响土地

湿润贺兰山松林

开越野车的男孩

男孩是风

在寂寞的沙海中

陪伴探险的舞者

一字前行的驼铃

是它认定的指南

苍鹰拖起刚劲的车轮

划开沙海阵阵涛声

即使没有太阳的日子

飞奔的呼喊也能扣开沙海的大门

泥土是一件珍品

一件陶瓷

是泥土烧制

各种造型

描摹上色彩

泥土便是一件珍品

只是这用过的泥土

再也无法长出绿色

阳城之光

……写在商会成立之后

我出生在这里

这里有许多人杰地灵的故事

阳城，山清水秀，物华天宝

到处是赞不完的人文地理

阳城，再不是挖一眼窑井

就树碑立传

再不是拉一头牛到城里一宰

全城开始沸腾

再不是小事大事只在山城打转

如今，电子商务凸起

显示了互联网强大的威力

一点点小事新闻，财富故事

像风一样弥漫小城，影响天空

电子商务会给小城插上梦想的翅膀

湛蓝的小城捧出一串灿烂的明天

我赞美你年轻而美丽的山城

今天的电子时代

小城的繁荣

会是东方的朝阳喷薄升起的地方

你不是工业化的城市

但是却商通四海

到处是山青青，水蓝蓝

风轻轻，云淡淡

无处不是诗酒文化

夹杂着商机的繁华

同时也充满着遐想与梦幻

电子商会，就是一篇篇优美的散文名片

读你就是琳琅满目朗朗上口

商会给你铺上国际的轨道

在国际的舞台

成为翻江倒海的蛟龙

是开拓了一条崭新的金光

大道

商会伴随金鹰们

在有梦的天空奋飞

次滩河的石头

在李圪塔的次滩河

有一群大大小小的石头

星罗棋布，与水草为伴

被岁月被河水被雨水

打磨得圆圆润润、干干净净

白里还透着红

安静慈祥地消磨着时光

一任游人打坐或者踩踏

一任鱼儿或者螃蟹在身边戏耍

生就一副好脾气

或被欣赏或被欺压

如果不是人与自然的推拉

决不肯挪动半步

怎么活不也是一生

圣王坪的草甸

晌午

聚拢的阳光

把草甸蒸煮成湿漉漉的水盆

用汗水洗一把脸

然后含一根故乡的草茎

细细咀嚼鲜嫩的原野

一边吸着亚甸草原的滋味

一边走在商汤祈雨的地方

就这样吸吮它的甘甜

通过这根绿色的静脉

消化着季节的梦

消化着草的乡恋，花朵状的爱

肤色开始成熟

脚下的路也成熟

草甸也笑着成熟

新 生

任寒风在胸前颤抖
让烈日在头顶飘泪
这是洗礼灵魂的战场
这是救赎罪恶的世界
执迷不悟者统统退下
慢手慢脚的靠向一边
阳光、雨露
信念、汗水
我坚韧的手臂
高举无情的利刃
不断地砍削自己
在这迷失的歧途
重塑新的自我

七　夕

七夕，终于又熬来了

感恩一万只喜鹊搭桥

感恩一头老牛献船

还得感恩一位权贵娘娘

今夕许我激动，许我心跳

就在昨天

还得感恩 100 位诗人

是杜甫和李贺带队

给我留下了 100 首七夕感慨

我口干舌燥望眼欲穿

这一天比什么都重要

这一天比什么都金贵

这一天是生命的支点

这一天是信念的回馈

这一天我不需要新衣服

也不需要什么玫瑰

我摸了摸狂跳的心口

我知道要把什么交出

思念朋友

思念有很多触角

从太行的深处向外蔓延

你走得匆匆忙忙

心犹如灯火

照亮我们曾经的矮房

泪光映照星光

我一直寻找你居住的地方

数不尽的山重水复

知道你有你的拥有

我有我的渴求

对你思念作为题目发给你

只求你为我写首思念的歌

书

书能隆胸
每读一本
增厚一尺

残缺的诗

本来就空洞无物
又不小心嚼碎了几个字
李白轻蔑地说
就当牙祭吧

第五
辑

云树云天

白云断处

——致萧照

在异石怪松

在苍浪古野

你不做响马

却从一斗酒里满载了你的山水

白云断处

秋山红树

唯李唐让你一路魂牵梦随

在斜阳流转时

你用画笔入诗

叩拜于不朽岳祠

俯仰于千年汉柏

时光一去

你却在诗文里不朽了

龙岩劲节

——致杨继宗

你的心是一方古砚

刚正不阿，劲节超凡

你的心是一池清荷

不为淤泥污染

你兴文教，辨疑案

在烟雾弥漫的清晨

你静读雨露

在落日的风情里

你细听龙岩

你是琴韵里的一棵松

于善，于爱

于满怀不灭的温度

骑一头毛驴，走吧

——致王国光

你走了，骑一头毛驴
身后是沉重的叹息

在一个式微的时代
在一个奇冷的季节
你，是悬在百姓心里的一面铜镜
为民请命，卓尔不群
锐意革新，秉公忘我

然而。当恩宠不在
当瓦釜雷鸣
这一声沉重的叹息啊
又岂是你一个人的悲哀

还是骑一头毛驴，走吧
像当年出关的老子
把一切虚名留给时间
用双脚踏出一片青绿山水

本色慎言

——致张慎言

沃野万顷

你是那第一个执铧的人

你种植春天，种植廉洁

也种植耿直与刚正

你主张自然真情

用平民一般的情怀

迎接风之暮

迎接竹之秋

你用赤子的温暖

全父子之情

明君臣之义

你，一代大儒，本色慎言

且闻祇园

——致白胤谦

在君王面前

你是一棵不屈的大树

为了田间的春色盈绿

你敢于犯颜直谏

在学人面前

你是至高无上的远天北斗

你好学不倦，著书立言

开"神韵"之先河，成桃李与杂花

静坐时分

暮色四合

且闻祇园馨香

玉阶寒烟

——致陈廷敬

君言松门晓月

亦言板屋过溪

其实，你是煌煌一轮月

照彻时代，倚天何限

你是天子的尚书郎

你是台阁一重臣

你的名字与《康熙字典》一起厚重

你的诗文沉郁顿挫

是浩瀚雅园中的浪花一朵

你是燕许大手，典质丰茂

在太行山落木萧萧的秋色里

用一叶鲜艳的红

夺目了帝都的百年繁华

染醉了宫殿的玉阶寒烟

云树云天

——致田从典

百川东逝，凛凛青史

你有万民衣上的万民之心

你如太行山谷里的春草春晖

于天地之初始

在百姓之心终

一代清廉宰辅

一段春花秋实

从龙泉寺的云树

到挽李烈妇秦氏

山川与风物之间

红颜与霜刃之间

诗文如辰星般耀目

格调有清芳似兰

省训艺学

——致张敦仁

你是数学王冠上的一抹瑰丽
你是六一堂书楼里的一方砚台
勒石为民，起于求一算术
源于开方补记
你校订《资治通鉴》
补脱字纠错字至百余至千余
你是藏书阁里的一本本线装书
每一叶都记录了你生命的花期
你是宦海中的一股清流
为官公正，体恤民情
在太行山
在析城山
写就了一段不老的传奇

胸藏万汇

——致张晋

一方太行古石

一夜山中积雪

烛光浮动，星星闪烁

你把王屋山的风情

与怜农悲天的情怀

一起融进诗文

在二十余年的优游光阴里

藏名山大川于笔端

汇成诗之春绿

酒之秋红

任太行老僧兮缤纷幻眼

任狼毒花飞兮红紫堆彩

七绝 · 偶感

踌躇满志经沧海，海里萦怀几度霜
未斩蛟龙添白发，不输当下少年郎

七绝·商海感怀

斗转霜吹千万里，锋销剑走十年风

浮生淡看云帆竞，涛里春秋作钓翁

七绝·春夜学书感怀

春生画骨增诗韵，雨润琴书淡墨香

汉隶常耕无日月，管他周鼎晋祠霜

五律·游云台山

天台独揽胜，峡谷有奇新
肥水迷来客，危峰扫利尘
平湖方出岫，跌瀑几回春
欲访七贤去，空山无处巡

后　记

我的诗集《太行之光》就要出版发行了，它对于我的人生而言，是一个极大的跨度和转折。虽然以前也出版过几本书，但对我来讲，这本诗集才是真正意义上从商向诗的脱变，从一个单独为事业忙碌的青年变成了酷爱写诗的中年，是一个事业和诗歌不可分隔的妻子和孩子，丈夫和父亲。

我自喻为闲夫，其实很忙，除了自己分内的事情，业余时间几乎都用在写诗、练字上，有时常常为一首好诗激动不已，为诗下酒，为诗干杯，为诗牵肠挂肚，为诗咬文嚼字，从来乐此不疲。生在一个小县城的我，是喝着太行山的水长大，把一生交给了太行山脚下的山山水水，交给了叫作诗歌的生死恋人。

今生，我有几件事情必须干好，但是写诗必须排在第一位。多写诗，写好诗，我觉得这是一个诗人的执着追求。青年的时候我就写诗，后来因生活所迫，中断了几年，直到最近几年才又拿起，细心清点了一下我几年下来的诗歌，也有几百首了，看着那些闪亮光斑的文字与诗行，看着那诗行里面的色块，向上的意境，诗的触须早已经深入了太行山的土地、乡村、城市，如我写的，《太行村落》《析城山之恋》《留守儿童》《年关》《演礼的杏花》《从北大造梦中醒来》《阳城有我的诗行》等等，都是写自己熟悉的。这里有多少美妙的诗句，篇章让我反复地玩味，吟诵，抚摸至今，泪流满面。几年下来，许多优美诗句在我脑海里烙印着。我挣钱，挣直了腰杆；写诗，写出了友情、亲情、爱情。我就是想做一个太行诗人，时间一天天过去，阅历一天天增加，人一天天成熟。我希望诗意地过好自己人生的时候，过好每一天。《太行之光》精选了近年来发表于各级报刊的一百首诗歌，主要写太行山的人、太行山的事、太行山的景、太行山的爱情及其他类型的诗篇。我出生于太行的山村，山村的一花一草、一砖一瓦、一人一物，都给我留下了不可磨灭的印象和记忆，无论何时何地，生我养我的山村，是我生命的根，都是背在我身上的房子，都是我最终的归宿地。诗作《太行之光》中有所表达："太行山一切，皆是我生命里掉下的阵痛，四十多年前，我出生在这里，多年以后，我还将在这里永生。"用诗歌书写太行乡土，不仅是现在，也将是我一生的写作方向，永不会变。

　　在诗集正式出版之际，我要感谢我的父母，感谢他们赐予了我生命，含辛茹苦地将我养大，供我读书，助我成家，为我操碎了心，我要用实际行动报答他们的养育之恩。我不一定干我现在的事情，但我一定要写诗，一定要懂得诗意地生活；感谢诗人三色堇为我的诗集《太行之光》写序、感谢诗人白恩杰老师给予我在诗歌创作上的鼓励和帮助，让我"荒唐地走下去"；感谢《天涯诗刊》、感谢辛勤工作的编委和编辑，让我和她们一起扬名，和她们一起牵手；感谢身边的亲朋好友平时在生活和事业中对我的关心与帮助，让我不断地成长进步。

　　最后，在这篇诗集后序的结尾中，我有个很荒唐的想法：如果谁能偶尔记住诗集中的某一首诗，或某一个经典句子，他就是我心中的上帝！

路军锋

2017 年 9 月于太原《天涯诗刊》编辑部

图书在版编目（ＣＩＰ）数据

太行之光 / 路军锋著. -- 武汉：长江文艺出版社，
2017.11
  ISBN 978-7-5702-0097-9

  Ⅰ．①太… Ⅱ．①路… Ⅲ．①诗集－中国－当代
Ⅳ．①I227

  中国版本图书馆 CIP 数据核字(2017)第 290536 号

策　　划：大　卫
责任编辑：沉　河　胡　璇　　　　责任校对：陈　琪
装帧设计：大卫书装　　　　　　　责任印制：邱　莉　　王光兴

出版：　长江出版传媒　　长江文艺出版社
地址：武汉市雄楚大街 268 号　　　邮编：430070
发行：长江文艺出版社
电话：027—87679360
http://www.cjlap.com
印刷：三河市宏顺兴印刷有限公司

开本：640 毫米×970 毫米　　　1/16　　印张：10　　插页：2 页
版次：2017 年 11 月第 1 版　　　　2017 年 11 月第 1 次印刷
行数：2447 行

定价：32.00 元